MON

CARNET DE BORD

POUR TOUT CHANGER

J'arrête de FUMER !

Conception et rédaction : **Camille Delaporte**
Illustrations : iStock

Cet ouvrage est imprimé sur du papier certifié PEFC™
issu de forêts gérées durablement et d'autres sources contrôlées.
Imprimé en juin 2021 par GraphyCems en Espagne.

57, rue Gaston-Tessier – 75019 Paris

ISBN 978-2-37761-813-2
Dépôt légal : août 2021

www.editions365.eu
Média Diffusion. MDS Distribution.

STOP !

Si vous avez ce carnet entre les mains, c'est que vous avez décidé d'arrêter de fumer. Vous appréhendez sans doute. Pourtant, le plus dur est fait : **prendre la décision de vous libérer du tabac.**
Vous avez fumé votre dernière cigarette il y a une heure, un jour ou une semaine ? Vous êtes déjà un(e) non-fumeur(se). Vous fumez encore et prévoyez d'éteindre la dernière dans les jours à venir ? Vous vivez vos derniers instants de dépendance, et la vie qui vous attend est celle de la liberté. Promis, on ne vous lâche pas et on vous accompagne pas à pas dans cette grande aventure !

C'est parti !

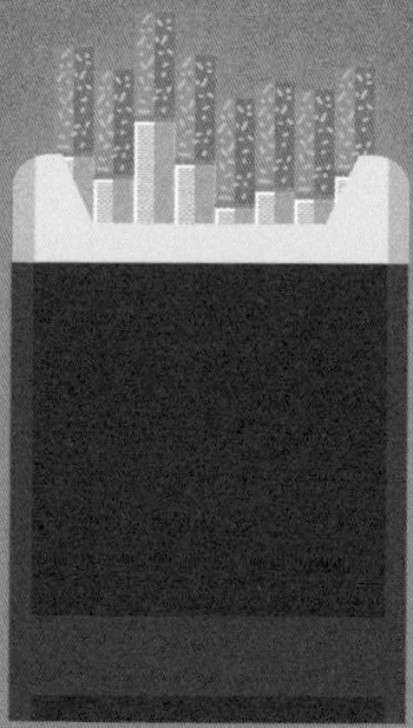

1

JE FAIS LE POINT

QUEL(LE) FUMEUR(SE) SUIS-JE ?

Pour le savoir, répondez au questionnaire de Fagerström, qui permet d'évaluer votre niveau de dépendance au tabac.
Entourez le chiffre correspondant à votre réponse, faites le total de vos points dans le tableau ci-contre et découvrez votre profil.

1. Le matin, combien de temps après votre réveil fumez-vous votre première cigarette ?

Dans les 5 minutes	3
Après 6 à 30 minutes	2
Au bout de 31 à 60 minutes	1
Après plus de 60 minutes	0

2. Trouvez-vous difficile de vous abstenir de fumer dans les endroits où cette pratique est interdite (au cinéma, en bibliothèque...) ?

Oui	1
Non	0

3. À quelle cigarette renonceriez-vous le plus difficilement ?

À la première de la journée	1
À une autre	0

4. Fumez-vous à intervalles plus rapprochés durant les premières heures de la matinée que durant le reste de la journée ?

Oui	1
Non	0

5. Fumez-vous lorsque vous êtes malade au point de rester au lit presque toute la journée ?

Oui	1
Non	0

Total de points :

QUESTION 1	
QUESTION 2	
QUESTION 3	
QUESTION 4	
QUESTION5	
TOTAL =	____ POINTS

État de votre dépendance

Entre 0 et 2 points	Très faible
Entre 3 et 4 points	Faible
5 points	Moyenne
Entre 6 et 7 points	Forte
Entre 8 et 10 points	Très forte

NOTES

DEVRAIS-JE ARRÊTER DE FUMER ?

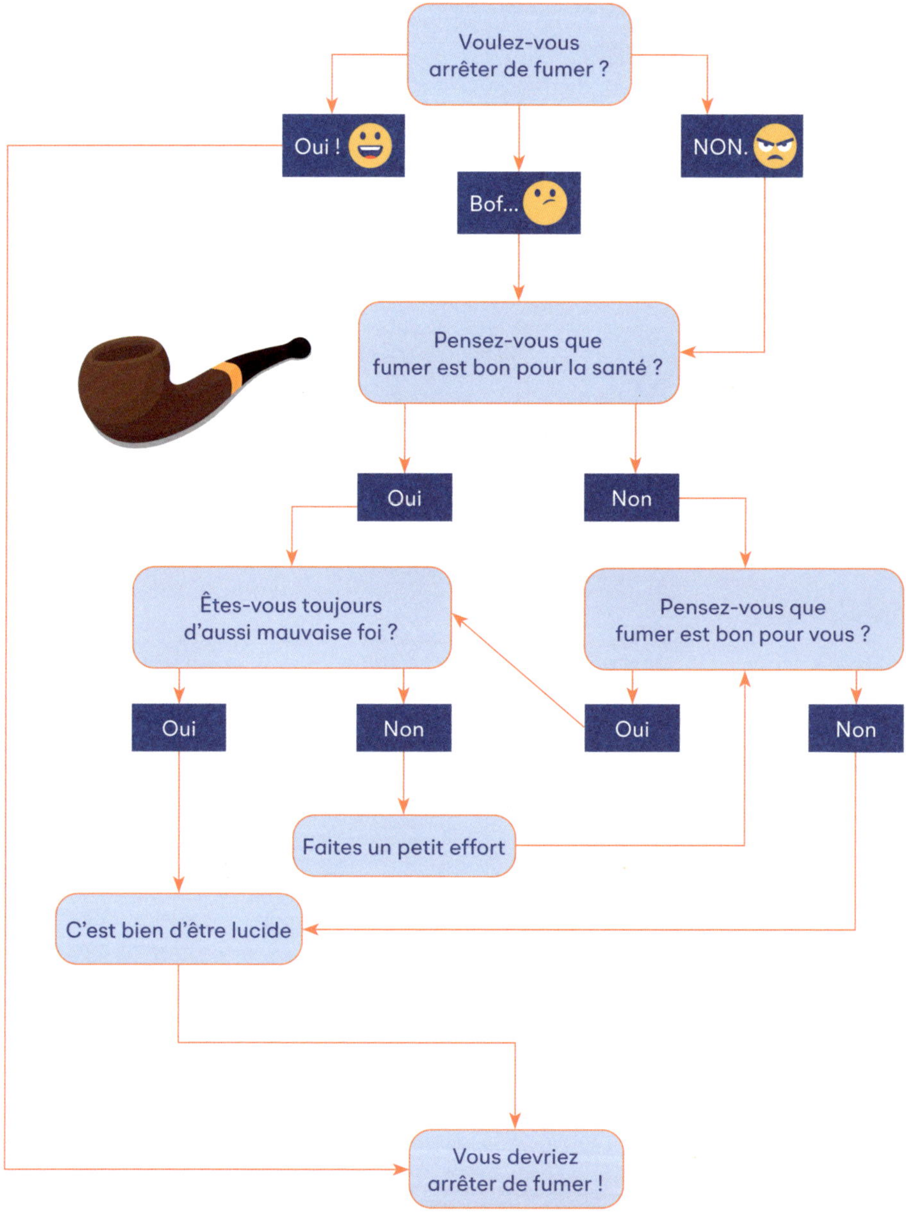

NOTES

POURQUOI J'AI COMMENCÉ ?

Les raisons qui poussent à commencer à fumer sont nombreuses, mais le mécanisme est toujours le même : on croit maîtriser sa décision, puis sa consommation, et on se retrouve rapidement pris(e) dans l'engrenage que vous connaissez bien.
Pour repartir sur des bases saines, une petite rétrospection s'impose ! Quelles sont les raisons pour lesquelles vous êtes tombé(e) dans le piège de la nicotine ? Entourez les réponses qui, parmi celles-ci, vous paraissent pertinentes et ajoutez-les vôtres !

Pour me donner de la contenance

Par curiosité

Pour faire comme les autres

Pour défier l'autorité

Pour me donner l'impression d'être libre

Pour embêter mes parents

Pour paraître plus âgé(e)

Pour m'intégrer dans un groupe

Pour tenter une expérience nouvelle

Pour ne pas paraître « lâche »

Pour attirer l'attention

POURQUOI JE FUME ?

Et aujourd'hui, qu'est-ce qui vous pousse à continuer à fumer ? Une vie de fumeur se nourrit d'arguments bien rodés pour (se) prouver que les « bonnes » raisons sont nombreuses : faites le point sur les « motivations » auxquelles vous devrez bientôt tordre le cou !

....

....

....

Je fume parce que je suis accro

Fumer m'aide à me détendre

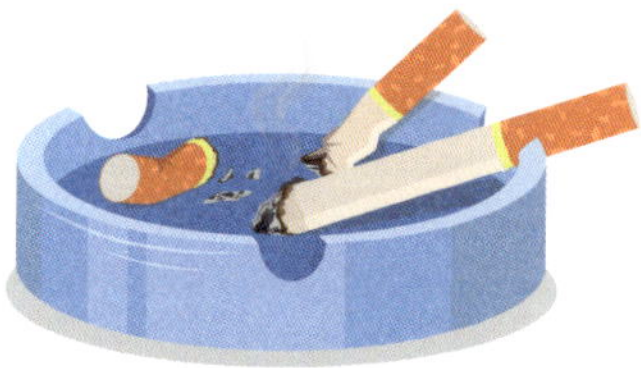

Fumer me fait plaisir

Fumer me permet de mieux apprécier l'instant présent

Fumer me permet d'être plus à l'aise socialement

Je fume pour m'occuper

Continuer à fumer m'évite de grossir

La cigarette m'aide à me concentrer

Fumer me fait plaisir

Je fume pour créer des moments conviviaux

La cigarette fait partie de moi, maintenant

La cigarette rythme ma journée

QUAND EST-CE QUE JE FUME ?

Pour mettre fin à une habitude, il faut d'abord l'identifier, afin de la « détricoter » : parmi les situations décrites ici, entourez celles qui rythment votre vie de fumeur(se) et complétez la liste si nécessaire.

Quand je bois de l'alcool

Devant l'ordinateur

Quand j'attends le bus

Le matin, au réveil

Dans la rue, en marchant

En terrasse, pour patienter entre deux plats

Quand je suis au téléphone

Le soir, juste avant d'aller au lit

Quand je rentre chez moi le soir

Juste après avoir mangé, pour m'aider à digérer

Quand je regarde un film

Quand je lis

Quand je suis en avance à un rendez-vous

Au volant

Quand je bois du thé ou du café

Pour marquer mes pauses dans la journée

Quand je m'ennuie

Quand je travaille, pour me concentrer

POURQUOI EST-CE QUE JE VEUX ARRÊTER DE FUMER ?

Arrêter de fumer, c'est très simple : il suffit de ne pas allumer de cigarette. La clé, c'est que l'espace entre deux cigarettes non allumées ne soit pas un supplice. Pour cela, une seule solution : vous souvenir précisément de la raison pour laquelle vous avez pris la décision d'arrêter de fumer. S'il y a bien une question essentielle à vous poser, c'est celle-là : « Pourquoi est-ce que je veux arrêter de fumer ? » On compte sur votre concentration pour réfléchir aux motivations présentées ci-dessous, entourer celles qui vous concernent le plus et compléter la liste si besoin en ajoutant les vôtres !

....
....
....

....
....
....

Je ne veux pas donner cet exemple à mes enfants

Je suis enceinte

Ça me coûte trop cher

....
....
....

Pour arrêter de tousser

Je veux avoir
un bébé

J’ai peur pour
ma santé

Pour être moins
essoufflé(e)

Je veux vivre
plus longtemps

Je n’aime pas être
dépendant(e)

Ma consommation
s’envole

Je veux retrouver une
peau éclatante

Ma compagne est
enceinte

JE M'OFFRE UN COUP DE MAIN

On le disait, le plus important est de toujours garder en tête ses motivations à arrêter. Il existe des soutiens à mettre en place en amont pour mettre toutes les chances de votre côté en vous aidant à modifier vos habitudes et votre façon de voir les choses. Top 3 des méthodes pour réduire le manque, garanties 0 % nicotine !

○ L'hypnose

Elle vise à modifier la perception que le(la) fumeur(se) a de la cigarette, en faisant une sorte de mise à jour de ses croyances, de ses rituels et de ses habitudes. L'hypnose agit *via* l'inconscient, en allant débusquer les « mauvaises pensées » et en les remplaçant par de nouveaux comportements.

Ça me dit ou pas ? Pourquoi ?

○ L'acupuncture

Cette technique traditionnelle chinoise consiste à placer de fines aiguilles à des points précis de la peau ou des organes. Dans le cadre de l'arrêt du tabac, cela permet d'activer des réseaux d'énergie qui vont diminuer l'envie de fumer, voire provoquer un dégoût à la seule idée d'allumer une cigarette. Bien que non validée scientifiquement, cette médecine douce ou « non conventionnelle » est approuvée par de nombreux anciens fumeurs.

Ça me dit ou pas ? Pourquoi ?

○ Le tabacologue

Il s'agit d'un professionnel de santé, le plus souvent formé en médecine conventionnelle et en psychologie, dont le rôle est d'informer, de prévenir et de lutter contre les conséquences de la consommation du tabac. Lorsqu'un(e) patient(e) souhaite arrêter de fumer, il l'accompagne à travers un processus de restructuration cognitive, c'est-à-dire une « mise à jour » de son système d'actions et de pensées. Cette méthode s'inspire des thérapies cognitivo-comportementales pour apprendre à reconnaître les émotions qui donnent envie de fumer, remplacer le réflexe de la cigarette par d'autres et corriger les pensées erronées du type « Cette cigarette va me faire du bien. »

Ça me dit ou pas ? Pourquoi ?

BON À SAVOIR

Vous souhaitez avoir un premier rendez-vous avec un tabacologue pour un bilan de dépendance ? Appelez le 39 89, de 8 heures à 20 heures, du lundi au samedi : c'est gratuit !

QUELQUES CITATIONS

« J'ai embrassé ma première fille et fumé ma première cigarette le même jour.
Depuis lors, je n'ai plus assez de temps pour le tabac. »
Arturo Toscanini

« Cesser de fumer est la chose la plus aisée qui soit.
Je sais ce que c'est : je l'ai fait cinquante fois. »
Mark Twain

« Il n'y a que deux sortes de chauffeurs de taxi : ceux qui puent le tabac
et ceux qui vous empêchent de fumer. »
Pierre Desproges

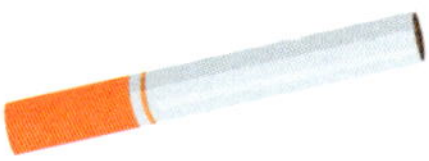

« Le tabac, c'est tabou ! On en viendra tous à bout ! »
Didier (Didier Bourdon) à Bernard (Bernard Campan), dans le film *Le Pari* (1997,
écrit et réalisé par Didier Bourdon et Bernard Campan)

« Ce serait beaucoup mieux si, à chaque cigarette, le fumeur avait
un morceau de doigt qui tombe. Au moins, il prendrait véritablement
conscience des méfaits du tabac. »
Jean-Pierre Rives

« *L'amour c'est comme une cigarette*
Ça brûle et ça monte à la tête
Quand on ne peut plus s'en passer
Tout ça s'envole en fumée »
L'Amour, c'est comme une cigarette,
écrite et composée par Susan Bridget Inskip
pour Sylvie Vartan

« Je me demande ce que faisaient les gens après l'amour, avant l'invention de la cigarette. »
Vassilis Alexakis

« Les cigarettes ont au moins le charme de vous laisser inassouvi. »
Oscar Wilde

« Celui qui n'arrive pas à arrêter la cigarette, qu'il essaie d'arrêter les allumettes, c'est moins dur et c'est aussi bien. »
Philippe Geluck

« Repose cette cigarette, tu fumes trop, c'est du tabac, pas de l'amour. »
Marc Levy

NOTES

À faire

À ne pas oublier

NOTES

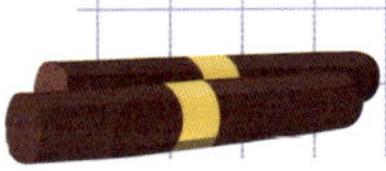

NOTES

À faire

À ne pas oublier

NOTES

NOTES

2

J'ARRÊTE !

JE REFORMATE MON CERVEAU

L'attachement à la cigarette se nourrit de fausses croyances, que le cerveau met en place dans les situations de manque pour vous inciter à craquer et à lui fournir la dose qu'il attend. C'est le moment de leur tordre le cou ! Pour cela, reportez-vous aux pages 12 et 13 (« Pourquoi je fume ? ») de votre carnet de bord et recopiez dans les encadrés ci-dessous les arguments que vous aviez entourés ou écrits. Pour chacun d'entre eux, réfléchissez à une pensée alternative pour rétablir la vérité et écrivez-la dans l'encadré qui lui fait face.

Ce que je crois		La réalité
Fumer m'aide à me détendre.	VS	**Fumer me fournit la dose de nicotine qui me permet de soulager l'état de manque que je crée en fumant.**

Ce que je crois		La réalité
....	VS	....

Ce que je crois		La réalité
....	VS	....

Ce que je crois | VS | La réalité

Ce que je crois | VS | La réalité

Ce que je crois | VS | La réalité

Ce que je crois | VS | La réalité

Ce que je crois | VS | La réalité

MON CONTRAT ENVERS MOI-MÊME

On ne le dira jamais assez : arrêter de fumer, c'est une question de volonté, c'est une promesse que l'on se fait à soi-même, et c'est un engagement à tenir sur le long terme. Or, tout engagement mérite contrat ! Remplissez le contrat ci-contre (vous pourrez y ajouter quelques précisions au fil de la lecture de ce carnet de bord), datez-le, signez-le et découpez-le pour l'avoir à portée de regard chaque fois que vous en ressentirez le besoin.

NOTES

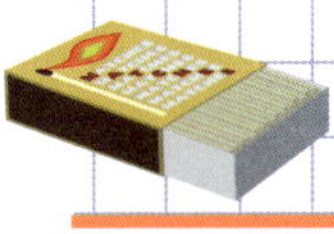

Fait à ...., le ..... / ..... / .....

MON CONTRAT DE NON-FUMEUR(SE)

Je soussigné(e) ...., résidant au ....
...., m'engage par la présente à retrouver ma liberté en devenant non-fumeur(se).

Je m'engage à me souvenir régulièrement des raisons qui m'ont poussé(e) à arrêter de fumer, des risques que représente le tabac pour moi et mon entourage, et des bienfaits nombreux de ma décision.

Je m'engage à refuser toute proposition qui pourrait entraver ma décision, même (et surtout !) une seule cigarette, ou une seule bouffée.

Mon engagement prendra effet en date du ..... / ..... / ..... et sera valable pour la durée de ma vie.

....

Signature

AUTRES ENGAGEMENTS :

J'EN PARLE OU PAS ?

Faire connaître votre désir d'arrêter de fumer à votre famille, vos amis ou vos collègues peut être bénéfique, car certains d'entre eux pourront se révéler de solides soutiens dans cette aventure. Mais le fait que vos proches connaissent vos intentions peut aussi être source de pression. Faire le point des pour et des contre peut donc s'avérer utile au moment de décider de parler ou non de votre choix autour de vous.

AVANTAGES	INCONVÉNIENTS
....	....
....	....
....	....
....	....
....	....
....	....
....	....
....	....
....	....
....	....
....	....
....	....
....	....

Alors ?

☐ Je n'en parle pas.

☐ J'en parle à ....

....

JE CHOISIS LE BON MOMENT

LES 5 RÈGLES D'OR

1. **Point trop tu ne tergiverseras :** une fois la décision prise d'arrêter de fumer, fixez-vous une date idéalement dans les 15 jours à venir pour commencer, afin de ne pas laisser le temps à votre motivation de s'envoler !

2. **Le moment idéal tu oublieras :** pour la bonne et simple raison qu'il n'y en a pas. Il y a des moments (stress, deuil) moins propices que d'autres, mais tant que vous n'aurez pas clairement décidé d'arrêter, votre cerveau trouvera toujours une raison de penser que la période est mal choisie.

3. **Une date symbolique éventuellement tu choisiras :** un 31 décembre, un anniversaire peuvent augmenter vos chances de réussite en raison de la rupture qu'ils représentent mentalement entre votre vie de fumeur(se) et celle de non-fumeur(se).

4. **Le fer tant qu'il est chaud tu battras :** si vous avez un déclic, n'attendez pas, c'est souvent grâce à eux que l'arrêt fonctionne !

5. **Ta dernière cigarette en pleine conscience tu fumeras :** prendre le temps d'inspirer profondément, d'imaginer les dégâts des quelque 7 000 substances toxiques sur votre organisme, puis souffler la fumée en la sentant abîmer votre langue et vos lèvres, voilà qui peut aider à mettre les choses au clair !

Cochez sur ce calendrier la date choisie pour débuter votre nouvelle vie !

....		....		....		....		....		....	
1		1		1		1		1		1	
2		2		2		2		2		2	
3		3		3		3		3		3	
4		4		4		4		4		4	
5		5		5		5		5		5	
6		6		6		6		6		6	
7		7		7		7		7		7	
8		8		8		8		8		8	
9		9		9		9		9		9	
10		10		10		10		10		10	
11		11		11		11		11		11	
12		12		12		12		12		12	
13		13		13		13		13		13	
14		14		14		14		14		14	
15		15		15		15		15		15	
16		16		16		16		16		16	
17		17		17		17		17		17	
18		18		18		18		18		18	
19		19		19		19		19		19	
20		20		20		20		20		20	
21		21		21		21		21		21	
22		22		22		22		22		22	
23		23		23		23		23		23	
24		24		24		24		24		24	
25		25		25		25		25		25	
26		26		26		26		26		26	
27		27		27		27		27		27	
28		28		28		28		28		28	
29		29		29		29		29		29	
30		30		30		30		30		30	
31		31		31		31		31		31	

....		....		....		....		....		....	
1		1		1		1		1		1	
2		2		2		2		2		2	
3		3		3		3		3		3	
4		4		4		4		4		4	
5		5		5		5		5		5	
6		6		6		6		6		6	
7		7		7		7		7		7	
8		8		8		8		8		8	
9		9		9		9		9		9	
10		10		10		10		10		10	
11		11		11		11		11		11	
12		12		12		12		12		12	
13		13		13		13		13		13	
14		14		14		14		14		14	
15		15		15		15		15		15	
16		16		16		16		16		16	
17		17		17		17		17		17	
18		18		18		18		18		18	
19		19		19		19		19		19	
20		20		20		20		20		20	
21		21		21		21		21		21	
22		22		22		22		22		22	
23		23		23		23		23		23	
24		24		24		24		24		24	
25		25		25		25		25		25	
26		26		26		26		26		26	
27		27		27		27		27		27	
28		28		28		28		28		28	
29		29		29		29		29		29	
30		30		30		30		30		30	
31		31		31		31		31		31	

LE BINGO DE L'EX-FUMEUR

Quand on arrête de fumer, il y a des phrases qu'on entend forcément. Cochez les cases correspondantes au fur et à mesure dans le bingo ci-dessous. Quand vous obtenez une ligne horizontale, verticale ou diagonale, vous avez gagné ! Votre lot ? Le droit à une vie de liberté et de bonne santé !

Ça fait combien de temps ?	**Tu fumais beaucoup ?**	**T'as pris combien de kilos ?**
T'as arrêté tout(e) seul(e) ?*	**La chance ! Faut absolument que j'arrête aussi…**	**C'est pas trop dur ?**
T'es sûr(e) que t'en veux même pas une petite ?	**J'ai arrêté il y a 72 ans, j'ai encore envie de temps en temps.**	**Je me disais bien que t'avais bonne mine !**

* Réponse suggérée : « Oui, enfin, avec l'aide d'un bouquin génial que je te recommande, publié aux Éditions 365. »

LES MEILLEURES RÉPLIQUES

Vous avez annoncé autour de vous que vous arrêtiez de fumer et on vous a opposé un argument improbable ou donné un conseil génial ? Ou bien vous avez eu une répartie mémorable ? Notez les perles ci-dessous !

JE M'OFFRE UN COUP DE MAIN

Même si la volonté est primordiale dans la décision d'arrêter de fumer, la dépendance à la nicotine n'en reste pas moins une réalité. Vous pouvez choisir d'avoir recours à des substituts nicotiniques qui permettent de lutter contre les effets d'irritabilité et de nervosité dus au manque de nicotine. Panorama de quelques possibilités.

○ Les systèmes transdermiques

Également appelés timbres ou patchs, ils sont appliqués sur la peau une fois par jour et contiennent de la nicotine délivrée de façon continue dans l'organisme.

Ça me dit ou pas ? Pourquoi ?

___

___

○ Les gommes à mâcher

Disponibles dans des saveurs différentes, elles délivrent de la nicotine via la muqueuse buccale lorsqu'elles sont mâchées.

Ça me dit ou pas ? Pourquoi ?

___

___

○ Les comprimés sublinguaux ou à sucer

À placer sous la langue et à laisser fondre, ils permettent de lutter contre une soudaine envie de fumer et leur action dure entre 20 et 30 minutes.

Ça me dit ou pas ? Pourquoi ?

___

___

Les inhalateurs

Formés d'un tube en plastique doté d'une cartouche de nicotine, ils délivrent de la nicotine par inhalation à travers la muqueuse buccale. Cette méthode, qui repose pour beaucoup sur le maintien de la gestuelle, peut être accompagnée de patchs, de gommes ou de comprimés.

Ça me dit ou pas ? Pourquoi ?

La cigarette électronique

Le principe : une résistance chauffe un liquide contenant un arôme et de la nicotine jusqu'à le transformer en vapeur, que le « vapoteur » inhale. Les sensations obtenues et la gestuelle étant très proches de celles obtenues avec une « vraie » cigarette, il peut s'agir d'une réelle aide au sevrage, mais qui ne permet pas de se déshabituer des réflexes de fumeur(se). Si la cigarette électronique est reconnue comme étant bien moins nocive que le tabac, ses potentiels impacts à long terme sont encore mal connus.

Ça me dit ou pas ? Pourquoi ?

ET LE CHAMPIX ?

Le Champix, ou varénicline, a connu un certain succès en France à ses débuts avant d'être remis en cause (et déremboursé) en raison de problèmes de tolérance et d'effets secondaires neuropsychiatriques (évènements cardiovasculaires, pensées suicidaires...). Depuis 2017, il est de nouveau remboursé à 65 % et, même s'il est toujours controversé, il peut être délivré sur prescription médicale en cas d'échec des autres solutions.

JE MODIFIE MA ROUTINE

Pour réduire les risques de rechute, surtout au début, il peut être judicieux de modifier vos habitudes pour éviter les situations susceptibles de déclencher des envies de fumer.

1. Complétez l'emploi du temps ci-contre en y listant toutes les habitudes qui composent une journée habituelle pour vous.

2. Reportez-vous aux pages 14 et 15 de ce carnet de bord, puis cochez chaque étape de la journée que vous avez identifiée comme une situation ou un moment particulièrement à risque.

3. Dans la dernière colonne, proposez-vous une alternative pour limiter votre exposition à la tentation.

NOTES

	HEURE	HABITUDE	ALTERNATIVE
	7 H	*Ex : Réveil – café + cigarette*	*Ex : Réveil – Étirements - Thé*
	7 H		
	8 H		
	9 H		
	10 H		
	11 H		
	12 H		
	13 H		
	14 H		
	15 H		
	16 H		
	17 H		
	18 H		
	19 H		
	20 H		
	21 H		
	22 H		
	23 H		
	00 H		

À faire	À ne pas oublier
○	○
○	○
○	○
○	○
○	○
○	○
○	○
○	○
○	○
○	○
○	○
○	○
○	○
○	○
○	○
○	○
○	○

NOTES

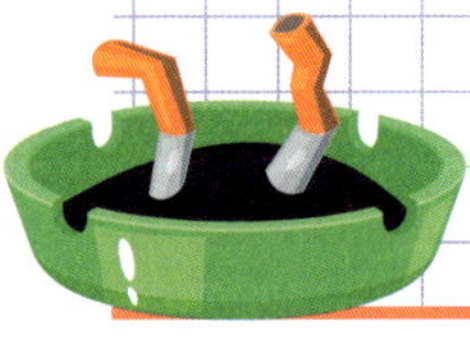

NOTES

3

JE TIENS BON

JE ME SOUVIENS DE MES « POURQUOI »

Ici, écrivez, dessinez ou collez une photo pour résumer vos plus grandes peurs liées au tabac, ou les objectifs santé, économiques ou liberté que vous voulez atteindre en arrêtant de fumer.

MES « POURQUOI »

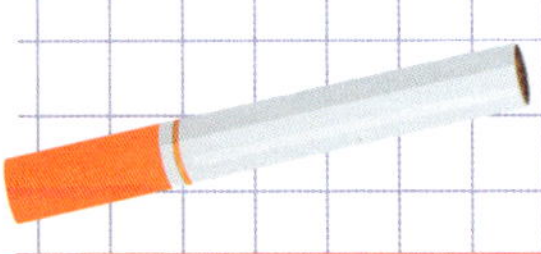

MES « POURQUOI »

MES BÉNÉFICES

Ici, faites le point sur les conséquences positives qu'a l'arrêt du tabac sur votre santé. Lorsque votre volonté commence à battre de l'aile et que vous avez peur d'être sur le point de flancher, consultez la petite liste ci-dessous pour vous rappeler les bénéfices de cette décision sur votre santé, ou noter sur la page de droite les améliorations que vous avez déjà remarquées dans votre quotidien.

20 mm	• La pression sanguine et les pulsations du cœur redeviennent normales.
24 h	• Le corps ne contient plus de nicotine.
48 h	• Le goût et l'odorat s'améliorent.
2 semaines à 3 mois	• La toux et la fatigue diminuent, le souffle s'améliore, l'énergie revient.
1 an	• Le risque d'AVC est le même que celui d'un(e) non-fumeur(se).
10 à 15 ans	• L'espérance de vie est désormais la même que quelqu'un n'ayant jamais fumé.

MES ÉCONOMIES

PETITES OU GROSSES ÉCONOMIES ?

On ne vous l'apprendra pas, fumer à un coût. Mettre un terme à cette habitude aura donc des conséquences positives sur votre compte en banque. De fait : si vous consommez un paquet de cigarettes en deux jours, c'est en moyenne plus de 1 800 € qui sortent chaque année de vos poches pour partir en fumée. Imaginez tout ce que vous pourriez faire avec une somme pareille ! Partir en voyage, manger plus souvent au restaurant, aller au spa tous les mois, vous abonner au cinéma... ou tout simplement épargner pour vous assurer un peu plus de sécurité financière. N'hésitez donc pas à tenir le compte des économies que vous réalisez chaque jour, chaque semaine ou chaque mois en arrêtant de fumer. Au bout de 12 mois, faites-en le total... VOUS AVEZ ÉCONOMISÉ COMBIEN ?! Eh ben ! Vous méritez bien de vous offrir un petit quelque chose pour vous féliciter !

MOIS	SOMME ÉCONOMISÉE
	.... €
	.... €
	.... €
	.... €
	.... €
	.... €
	.... €
	.... €
	.... €
TOTAL =	**.................... €**

JE GÈRE MES FRINGALES

COMMENT LES CONTRER ?

Les fringales sont fréquentes pendant un sevrage tabagique. Pour autant, l'idée selon laquelle on grossit forcément en arrêtant de fumer est erronée. Voici quelques astuces pour éviter de céder à l'appel de la petite faim qui monte, qui monte...

- Une fringale est souvent le signe d'un manque de nicotine : pour tout savoir sur les **substituts nicotiniques**, rendez-vous aux pages 38 et 39 du présent carnet.
- **Buvez de l'eau** : quand on arrête de fumer, les sensations sont modifiées et il se peut que vous confondiez la faim et la soif. Buvez un grand verre d'eau et attendez quelques minutes pour en avoir le cœur net !
- Parfois, la sensation de faim vient juste du fait que vos mains ne sont plus occupées à fumer : **faites diversion** en vous occupant de vos ongles ou en manipulant une balle ou tout autre objet.
- **Mâchez** un chewing-gum ou prenez un bonbon sans sucre ou un bâton de réglisse.
- **La pomme** est un coupe-faim redoutable : pour vous caler en cas de petit creux, c'est aussi bon que sain.

QUELQUES AUTRES IDÉES D'EN-CAS LÉGERS

- Amandes, noix, noisettes, noix de cajou
- Jus de légumes ou smoothies
- Porridge et muesli
- Fruits secs
- Cranberries et baies de goji
- Chocolat noir à 70 % minimum
- Compote, si possible maison, sans sucres ajoutés

Notez ici vos coupe-faim favoris, vos recettes les plus efficaces et vos autres trucs et astuces pour éviter les fringales.

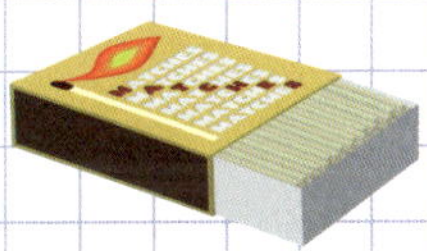

JE GÈRE MES ENVIES : LA BOÎTE À OUTILS

- ◯ **Je mets une alarme dans 5 minutes :** c'est le temps que va durer mon envie avant de passer. Au moment où l'alarme retentira, je me féliciterai de ne pas avoir craqué !

- ◯ **Je fais quelques exercices de respiration abdominale :** je remplis mes poumons d'air lentement, je retiens ma respiration quelques secondes, puis j'expire très lentement. Je répète cet exercice trois fois pour oxygéner mon cerveau et me détendre.

- ◯ **Je repense aux raisons qui m'ont poussé(e) à arrêter :** je me reporte aux pages 16-17 et 46-47 de mon carnet de bord.

- ◯ **J'arrête ce que je suis en train de faire et je quitte la pièce où je me trouve**, pour que mon cerveau décroche de son idée fixe.

- ◯ **Je demande de l'aide à un professionnel :** je me reporte aux pages 18 et 19 de mon carnet de bord.

- ◯ **Je me lave les mains ou je prends une douche :** l'eau a un effet très bénéfique sur certaines personnes, qui ont l'impression en se lavant de se débarrasser d'une pensée ou d'une envie.

- ◯ **Je repense à tous les bénéfices de mon arrêt sur ma santé :** je me reporte aux pages 48 et 49 de mon carnet de bord.

- ◯ **Je vais courir ou je fais un petit exercice physique** : 15 minutes de marche rapide dans le quartier, ça compte aussi !

- ◯ **Je relis mon contrat d'engagement :** j'ouvre mon carnet de bord page 31 ou je vais lire mon contrat là où je l'ai collé !

- ◯ **Je me brosse les dents :** parfois, il suffit d'une sensation de propreté et de fraîcheur dans la bouche pour que l'envie passe.

- ○ **J'utilise un substitut nicotinique :** je me reporte aux pages 38 et 39 de mon carnet de bord.
- ○ **Je bois un grand verre d'eau, ou je m'offre un en-cas sain :** je me reporte aux pages 50 et 51 de mon carnet de bord.
- ○ **Je ferme les yeux et je m'imagine sur mon lieu de vacances préféré**.
- ○ **Je tape « méditation arrêt du tabac » sur Youtube**, et je suis une petite séance guidée de quelques minutes.

Notez ici d'autres solutions que vous avez trouvées pour contrer vos envies de fumer :

ZOOM SUR LES HUILES ESSENTIELLES

L'huile essentielle (HE) de poivre noir imite les sensations de l'inhalation du tabac et réduit donc l'envie de fumer.
Les HE de mandarine et de lavande vraie apaisent l'anxiété liée au manque de nicotine.
Les HE de menthe verte et de lavande vraie aident à bien dormir.
L'huile essentielle de menthe poivrée agit sur le transit, parfois ralenti par l'arrêt du tabac, et lutte contre les baisses d'énergie liées au manque.

LA MAUVAISE IDÉE DU JOUR

Et la pire idée du jour est... (roulements de tambour)

En fumer JUSTE UNE.

Voilà quelques jours, quelques semaines ou quelques mois que vous avez arrêté de fumer. Vous estimez que vous êtes « guéri(e) », et pour fêter ça, vous auriez bien envie d'en reprendre une petite. STOP ! Interrogez vos proches : qui autour de vous a réellement réussi à arrêter de fumer en s'autorisant seulement une cigarette de temps en temps ? (Cette personne qui fumait une cigarette par semaine et qui est passée à une par an, ça ne compte pas.) Lorsqu'on a été un(e) « vrai(e) » fumeur(se), il est utopique de croire que l'on peut devenir un(e) fumeur(se) occasionnel(le) pour la bonne et simple raison qu'une seule cigarette fumée suffit à réactiver les récepteurs nicotiniques de votre cerveau qui, tapis dans l'ombre, n'espèrent qu'un moment de faiblesse de votre part.

Ce serait bien mal vous connaître !

UNE SEULE CIGARETTE ? MAIS ÇA VA PAS LA TÊTE ?

LES PETITS MANTRAS

À lire, à relire, à découper, à recopier et à vous répéter pour tenir bon.

Je m'aime, je crois en moi-même et je me soutiens quoi qu'il arrive.

Je sais que je suis digne d'une vie heureuse sans fumée.

J'ai en moi les pouvoirs de réalisation de ce que je souhaite.

Je suis la personne qui décide de tout ce que je fais
et j'ai toujours le choix.

Là, maintenant, à cet instant, je vais bien.

Tout est expérience. J'apprends chaque jour.

J'ai confiance en moi et en mes décisions.

Je m'aime assez pour laisser tomber ma relation toxique avec le tabac.

LES PETITS MANTRAS

À lire, à relire, à découper, à recopier et à vous répéter pour tenir bon.

Je suis fort(e), je suis capable, je suis serein(e).

Ma situation actuelle n'est pas ma destination finale.

Je suis force, je suis détermination.

Rien ne peut me résister, je peux tout réussir.

J'ai déjà réussi, je réussirai encore.

Je travaille sur moi-même, pour moi-même, par moi-même.

« Quand tout semble être contre vous, souvenez-vous que l'avion décolle face au vent, et non avec lui. »

Henry Ford

« Tu ne connaîtras jamais la fin de l'histoire en faisant demi-tour à deux minutes de la victoire. »

Oxmo Puccino

LES PETITS MANTRAS

À lire, à relire, à découper, à recopier et à vous répéter pour tenir bon.

Les problèmes d'aujourd'hui n'en seront plus demain.

Je suis plus fort(e) que ce que je crois.

Je suis en train de créer une nouvelle vie saine et sans fumée.

C'est en tentant que je repousse mes limites, que je m'étonne.

Le stress est un allié. Il m'aide à mobiliser l'énergie et la concentration nécessaires pour avancer.

Je mérite d'être en bonne santé, heureux(se) et sans fumée pour toujours.

Je peux augmenter ma volonté quand je veux.

Je poursuis un but qui a du sens pour moi.

LES PETITS MANTRAS

À lire, à relire, à découper, à recopier et à vous répéter pour tenir bon.

Il est sécuritaire pour moi de réussir et d'exister sans fumée.

Je libère facilement tout attachement que j'ai au tabagisme.

Bientôt, je pourrai dire : « Ça n'a pas été facile, mais j'ai réussi ! »

La détermination d'aujourd'hui mène au succès de demain.

Si ça ne fonctionne pas, je change la méthode, mais jamais le but.

« En vérité, le chemin importe peu, la volonté suffit à tout. »
Albert Camus

« C'est dur d'échouer, mais c'est pire de n'avoir jamais essayé de réussir. »
Franklin Delano Roosevelt

« Le succès arrive toujours lorsqu'une opportunité rencontre la préparation. »

À faire	À ne pas oublier

NOTES

NOTES